絶景ノート

岡本啓

草　が　流　れ

ひらけていた

絶景ノート

Zekkei note ——— kei okamoto 2015 -2017 : poetical works

絶景ノ音

連絡船からあてもなくおりていけば
いのちは
銀色
跳ね上がる尾ヒレのおびただしさに
感嘆する
ほふっている　輝いている
コインランドリーで、二、三〇分ねむったら
はっきりした
誕生するものすべては、全宇宙をしょっていく

Polyphony

一面のクローバー、

巨木

の

化石

ボクらは　埋められていた

ボクらは　環をえがく

三〇〇〇年かけて
雲が駈けてくる

ポ、
リ、
フォニー、

手を口にそえて大きく出すとき
はたとふれたコップに　びっしりついた露。

地に坐る
石でおさえたちぎれ紙に
空をもらう
草は流れつづける

三〇〇〇度目の夏へ、ボクは手ぶらできた

背後で　二人の小学生が
自己紹介を、練習していたかもしれない
交互にいれかわる一〇〇万の昼と夜のように　三〇〇〇年とは
いま一瞬澄みわたった夜空

あの轟音は、洗濯バサミが力つきるまでの、遠い、通信なのかもしれない。

コップには、びっしりと露。
億年の果ての露が、コンクリートにしみいる
とつぜんの天気雨、
マジックペンのこすれるおと、レコードショップのポリ袋を傘にして
ガードレールで午後を持て余してる

まなざしは、雑居ビルを3F、5Fと駈けあがり、ブラインドをあけ
屋上でひろびろとせかいを着信する
もう一度あたしは出会うのだろうか
あなたをかすめた　この歯形のつよく残ったガムとも。
緊張したまま、見おろして
呼吸する、
　　　　ふくれあがる彼女のスカート。

惑星はねむったままほほえんでいる

遅々(チチ)と石になっていく木片の　呟きを聞きたくて
ボクらはチカモリ遺跡へ徒歩を重ねた
環状巨木群跡とは、辿りつけば、住宅地のへんてつもない公園だった
だけど一面にクローバーが芽吹いていた

ひと夏の　草の、短い根が
湿った膨大な時間をたくわえている

葉のうらでやすむ鳥。
ただそこにある、巨きなゆらぎを
いったいどう名付けようか　きみはずっと想いめぐらしていたんだ
こんな日は　如雨露のように
かたむいた丘のかたむいたひとのさびしさを　さんさんと
さんさんと
そそがれて、ボクらは百科事典だって、説明書だって
もっとさかさまに読めばいい
歩道の自動販売機が黒く塗りつぶされている
頬をあてる　モーターが唸る
地中の巨木の吐息も聞こえる　強く発光しているのに

あたりが見えない
だけどおまえはわかるんだ
いたるところでいのちがトバサレ／　キエテイキマス／
／

埋もれて立つ、まっすぐなクリの巨木。

材木屋さん、
やっぱりクリ、カタイですか

おもいっきりつぶやく。

「一つの誕生日にきみはこのせかいに産まれた」

むねはふと

給水塔のように

ふくらんで

ふくらみきれず

金色のポニーが駈けていく。

じっと目をつむってみてほしい

ことばは忘れて、

黄金の廃校のように。　ボクらは首をかたむけて

いつか草を食んでいた　ええ、廃校もまた、目が見えないから

海岸線の空港からは

見わたすかぎり

いたるところへ／　いのちがトバサレ／　キエテイキマス／
／
／

あの巨大なブランコはどこで鳴っているのかしら！

あしもとには蛍光塗料がチラばって
未来への、工事予定のマークもついている
沖積地にひろがる家々、
あたらしい公園。　木片(ボクら)はここに埋められていた
かつてもムラがここにあった　草は流れつづける
三〇〇〇年かけてふたたびボクらは還ってきた
川床で添い寝していた石が
ようやく海へとうごいていくように
ひとは、この土地に還ってきた

穴だらけの天板が　三〇〇〇年の果てにいくつも掘り出される
どうして、あんなに　反射スル　天板に彫ったんだろう
おがくずを耳にまぶたにくちびるにつけて
それをつけたまま校庭の真んなかで問いかけている

机(ボクら)は、全員、一本の巨きなクリだった？

日暮れに言葉をかけあう
ひととひと
遠い　そんな、一言だけが許されているような　遠さ。
風でさめたアタマ　熱をもってる両脚
だれかの帰路を
どうしてがむしゃらに歩いているのだろう

草

は流れつづける
立ち止まり　　目を
こするきみ、

霊感はもう途切れたけれど、
乱暴に咲くからだを感じないかい

ボクは寿命を信じている。

どこまでも
青
の
ひろい範囲　　へ
息　をあけわたし
血を、
こえにかよわせなさい

惑星が一〇〇億の朝露で湿っている
三〇〇〇のうろこ雲が動いている
億年という一晩　そう
育ったのはこんなありきたりな住宅街
ちょうど空が明るみはじめ
ベランダで、一つの洗濯バサミが力つきる
まぼろしの洗濯物が、　白く
　　　　　　　　　　　、空高く　　舞い上がった――

ぼうぜんと空っぽになった
コップ。コップに溜まるわずかなひかり
そうだ、はっきりわかるほど
かたわらのひとの腹部も、ボクの子で日ごとふくらんできて
　、ことば以前の、会話が　、ハキハキ
あがってくる　はっきりわかる

死産すら、絶対の未知。　　　　環になって、
目をこすり、耳をこすり、
巨木のまぼろしにかわり　高層ビルが成層圏まで
倍音をふきあげている

本日、五月三日、二〇一五年、朝、ボルティモア市内全域で夜間外出禁止令が解除されました。
ボクは　石を握っていた　　ボクは黒人で
その石は　どんな
形にもなるような　やわらかな
怒りだった

海上警報より

せかいの深呼吸が
にじんだこの輪郭からあふれていく予感で
いっぱいなのは
切り倒された感情の大木から
荒削りの　名付けようのない舟が
丸ごと
あらわれてきたから

瞬きのたびの緑の痛みを
もう誰にもゆずりたくないのは　わたしは二度と
生まれてはこないと確信したから

ようやく空っぽだと知った、つかのま
はっすること、息を吸うこと
瞬間、せきをきって丘のように続いてくれ
はるかなロバの背中を
呼びさます、記憶よりふかいしずくよ
しみだす乳のまどろみから
雪解け水とかけおりてくれ
海上の母と娘も　折れたオールでそっと添え木した
後ろ足のそばで
オシッコくさい毛布にくるまって眠っていて

車上荒らしを目撃した日みたいに
絵空事さえ
こんなにくっきりやってきている
声はでないけど
腐り、芽ぶく舟が
血管にも　細胞にも　歳月をつれて
かけもどってくるから
いいかい　かじかむ手のひらにあるのは

灰色の胴体に潮風がぶつかり
付着していく塩
をこすりおとす感触
重いだろう背中の濃紺の絨毯にも
陽射しがあたり

あたたまり
疲れとよろこびがしたたっている

そのとき
きみの息子になって　ひろった丸木舟を
耳におしあてていた
等高線までのぼってきた巨大な春に
帰宅を忘れ
鼻水を拭ったレシートの、さらわれた方角に
真正面から　眼をこらすほど
立ち去れ
と告げられて
動揺だけ前を向いていた

息の風景

未知を見つけようと
考えを止め
ノートは開けて

葉が騒ぐ
数えきることはできないけど
数えようとした短い時間に
木漏れ日は
いたむ肌になじんだ

こんなウナギをつかまえたんです

呼び止めるこの人は
狂っていないか
さぐろうと
交わしたたったふたことが
風景に細かな傷をつけていった
快速に乗り継いでみても
すり傷は
窓ガラスから消えない

白兎海岸

八月七日
南からは台風が近づいてる
鳥たちはねぐらのなか、漁師たちはあかるい母屋で
息をひそめているだろうか
海原だけがふくれあがり
ぶあついしぶきに嚙みくだかれる
ぽつんと黒
サーフボードにしがみついて、はるか

沖へきえる
つよく遠泳を抱いている
小さくメモをとった
汗でびしょぬれだ、はためきを
おさえて、末恒（すえつね）駅からの発車時刻がこすれる
きっとあすはだれもこない
だから、はっとするほど乱暴に
記憶がないところへひらけてる
キラキラわらう瓦の赤らみ
たしかに答えられるのは
おおきな車窓から、その土地その土地を告げる
瓦屋根に励まされてきたこと
草を踏み
ここまで来たということ

いまだ答えきれないのは
ピンクの漁網に忘れていかれた
卵にふくらむ小さな腹
この一粒の砂が
この一粒となるまでについやした
しんじられない、朝夕

少しだけねむってたみたいだった
でも言葉に全身をわたしてしまえば
名はかすれ、顔もかすれ
いま、ある、うみ
と、空のふるえ、青く荒れはてた全身に
わずかにのこる、このふるえ
ぼくは決めた　ぼくはそれを書く

ぶつかれ、カナブン
かたい銀河が、ずっと鳴っている

女子中学生からの
ぶっきらぼうなあいさつ
とまどったまま、とっさにあいさつをかえす
海辺のローソンにも寄らない
ただ、ひとり離れて
ぶっこわれるまで通学鞄の底をこすってる
そのとき

はっきり見える
夏草にわななく空気がとつぜんひらけて
数千年のはて

ひとりの女の子がツバを吐く
十五歳、クニをつくろうと眉はおとした
吹いたツバは
泡だつ兎になって、白波のように跳ねていく
弱ったからだのちかくでうずくまって
一匹の乾いたカナブンと、うずくまって
ぼうぜんといる
跳ねた、引き裂かれたまま

ここにいる
赤く灼けたこの肌は
もう何千年とひりひりする
だれかが季節の余白にそっと折り目をあてる
くらがりでシミのある腕が
ためらいながら

しおれた尻へふれる
どこにも一度も書かれなかった、ひとつひとつの呼吸

いつだって、書かれなかったことから
真っ黒な暴風にさらわれていく
昨夜のしずかな待合室
いくども蛍光灯に跳ねのけられる、カナブン
ぶつかる羽音
うなずくほかないのに
その空っぽの光のさきをどこまでも見とどけたい

銀河がまた、鳴っている

あふれる水位を皮膚でとどめて
それでも彼女を

どんな歌がやぶいていくのか

唾液にやどれ
あたしのあつみ
ほつれた糸を、ぴっと嚙み切る
毎日むかついて
のみこんで
うちに逃げていくものを
ぎこちなく言葉にしようとして
たちすくむ
うすいまぶたに、風が当たる、だからけんめいに

ぶつかれ、カナブン
チャントのように、かえっておいで
とてつもないわたつみ

わたしのこの
肉のあつみ

ウブユ

ゆらめく蛾のようなひも
紫がかった眉の剃りあと
あんな位置にどうしてまた眉をひくのだろう
蛍光灯のようにいのちが点滅する
だれも気づかない
親指をつよくあてがってみる
つかんだ老女の手首はやわらかすぎて
皮膚じゃないみたいで、脈ハクは
わからなかった

もう帰って
せかされてアパートを出た

雨の日、ぼくはぺたんと倒れこんでいた人を
アパートまで送った
支えながら思った
ヒトは
こんなにかんたんに歩行を忘れるのか
救急車は
と、ふっとフロ屋の匂いがとおった
ぬくい匂いだ
路地に空のたかさから
清潔な湯がしたたりおちる

はじまりも、みんなだれかに抱え上げられた

だから空気は
いつまでも産着だ
隣家から、ポルノの音声がかすかに漏れていた
湯のあふれる
彼方の匂いがした

むこうの雨がかかった
鳥居の赤を
わたしの水気のトんだまぶたと
貴船(きぶね)のほうの稜線と重ねあわせ
青いシャドーをいれて
いつだって
ハレのほうから、きこえてくる
高いフウリンに

鼻をあげて、ハミングを
花街の、ふるい節を、わたす

ヘッドライトの轟音、急に曲がっていってしまう
胸は透いて、考えられないほど
あらゆる呼吸がきこえてくる
だれだろう
初恋のころの娘の姿で立っているのは

しゃがんでは
彼女はひとりの時間をさがして野辺をあるく
むねいっぱいに滲んだぼくの呼び声は
いつからかアマガエルの鳴き声と区別がつかない

焼き場のけぶたさに目をしばたたかせ
身を水田に溶かしこんだ大気が
腐りゆく小さなからだをおしんで
そのぶんだけ
そっとユをこぼした

地上の静寂から
物音がいっせいに湧きだす大原(おおはら)のふところ

跳ねまわるミジンコが
豊かなウブユのなかを
透明な星座のからだで
いっしんに垢と脂とたわむれている

すがた

あらわれると同時に消えかかる
ことばとか息みたいだ

葉がおおきくゆれて
ふるえているのはキツネの耳
するどく動く耳が
字幕のように
キツネでいることを知らせている

ぼくはみたない
ぶらさがるトマトにみたない
ツヤツヤのひかりにみたない
ついばむ鳥にみたない
やわらかに粘るこのクモの糸にさえも

あらゆるものが
みたないなにかであるということ

岩に根をしみこませる
からからのトマトとその赤い実は
気が遠くなるほど
せかいそのもの

みたないままなおみちあふれたひとつぶ
やさしく拭いて
そうっと歯を当てる　すごい

酸っぱい

青い惑星の隅で

生ゴミが散乱する、一角
もろい鎖骨も風に燃やせば　ふっと煙にとばされるから
太陽がとどかない隅で　二人の人間が
話しこんでいた　ミントティーの湯気が鼻をとおす
ことばは痩せていても　ぼくらは不思議とうれしくて
隕石は、どこですか　ああ古い臭いだ　見知らぬスークの奥深くへ
潜っていった　かすかな尿の黄ばんだにおいが
ひろがっていた　ふいのこの異邦人にかけてくれる声が

すごくマブシくて

、

ざっと十メートル

モスクの外壁から、

つぎつぎ飛びこんでいく

真っ青な海　　ビニール片と浮遊する、あのモロッコの若者たちみたいに

青をずっと見晴らして、

人影も　空を

歩いて　さ

隕石はどこですか　孤独な隅でぼくらは
しゃがみこんでいた

濃いブルーのインクにやられて　ほとんど下痢で下して
食べて　あつくうごく肉体のことを想った

棒切れなのに

空を

ずっと見晴らして――――。

揺れてることを忘れた
ブランコのような　惑星に
身をゆだねるように立ち　ひびわれた地面をノックした
緑の蟻がポツンとおちてきた
水が湧いて、人が集って、市がたって
　　　　　　タンジェ、　フェズ　　ほら
空想よりも　もっとこのタイコはつよいから
　　　　　　サメの皮もハってさ
　　　　すなおな乾いたハツオンでさ
　　　　　　　　いたいくらい陽射しをそそぎこんで
ねえぼくらは奥底にしまいかけてたみたいだ
　　　　　　　　ばらばらに
フィルムをはいだ煙草から買うということ
つまんだ、　　短いひかり
ビルの谷間でくゆらすと

赤くしぼんでいく数分間が、境にふれて
高音でふかく休むんだ
シュッとさきを焦がす
アヴドゥル　そっぽを向いたシャイな眼
サハラでおれは
兄の一家とずっとラクダを世話してきた
からだをくるんで眠るとき　宇宙の隅で
二十六頭の鼻がぶるっとふるえる
砂漠はひえていた
星はひと粒ひと粒が　熱かった
素足のちかくに、　灼ケタ黒イナニカ
　隕石だろうか

手わたした鉛筆を彼はかるく噛む
日本人に　どう、説明すればいい
つまんでみせた、しわくちゃの耳

こすれる産毛が街をきく　　全部、
この耳で聞いて覚えた　文字は書けないんだ。
夕暮れ　広場を掃除夫が、巨大なヤシの葉で掃く――
いつ以来だろう
ひろびろとふきはらわれていた。

　　　　そっかそこらじゅうのひびきこそが
霊感なのか
　　　　　　　　　　くずれた建物にかかる
　　　　洗濯物の、原色のゆらぎ
　　　　　　　　　　　　　　新聞にねむる息
ビルの広告からはみだした、リボンの美しい綴りも

カサブランカの空に走り書きして、

　　人影も、

空　を

歩いて　さ、

みるみるページが埋まっていく。

ヤギの真っ白な四肢
痙攣してしだいに萎えていった
ぼくらは
はたと　あのアヴドゥルの耳で　芯を澄ませていた
一台のオートバイが火照った地平をけばだてていく
まぶたに　こびりつく黒いシミ

惑星よ　きっと彼女の覆われた口の動きを
やわらかな繊維で聞いてくれ
どくどくと濁った血　　こたえてほしい　　呼吸が失われたいま
この血だまりはだれのものなのか
そっぽを向いた大地が　頬をわずかにほがらかに赤らめ
口をつぐんでいた
道ばたでは　頸動脈を打ち落とすとき
つぶやく
祈りのことばが、続いていた――――。

みすぼらしい喉にながれこんでくる　太陽と、息の洪水で
乾いた顔があらわれていく

マラケシュの空　こぼれるクスクス
今朝がもうなつかしい
飲み残しのグラスを片づける手が止まる　　とつぜんみんな
立ちあがる

葬送だ

まばらに立ったまま、見おくる　カフェから　　いつか
ぼくらの　影も　ハッキリ

　　空を

歩いて、

ぶらさがった鶏も、まばゆい息の洪水も
ながいながい葬列にくわわり
惑星を
ずっと見晴らして、
耳の奥からひびく地球の汽笛が　ツい、むねを
ひきちぎっていく

次の一言が、つづかない
つづけるためのアラビア語もフランス語もない
　　おまえを見ればわかるよ。
おれたちの身ぶりと手ぶり　　　裸の木
白紙のページですくいあげた砂
まぶされた砂を一気にこすったようだ　　　なにかをぼくらは

呼び止めようとした　　とおくで
砂漠は冷えていた

　　　　口笛が発光して消えル　　ト

ふと肉体がはじまる場所
それはこんな喧噪かもしれない
どんな上空より　この混沌には
はるかな臭みが息づいているから　　一瞬だけ
ぼくらはぼくらのからだを
通過した
一個一個の影が
ざらつく旧市街の壁にもたれかかっていた。

路地が潮のかおりであかるい
にぎやかな香辛料　ひそんでいた風が　いま　ぶわっとあがって
かかえられた幼児の視線を

　空にほうる

、

ここにはないなにかを乱雑にビニール袋につめこむ　青空のしぐさだ
そびえる雲の壁　なんて重い

魚
りょううでが
濡れたウロコを、どうしようもなく抱きとめていた

無防備なクツ

丘には墓と
幼い木も植えられていて　開けっ広げ

「ムーンビーチ」不思議ななまえ
ふとまたたき
ちぎれるネオンの曲線に
彼方の夢がかろうじて見て取れる、港町の見世物小屋
ずっとここで育ったという
どこか母の放心に似たひとと

はじめの客を待ってる間
階段で遊ぶ子供の
子供心をインクにのせる

そこかしこに座る
沈黙のほか　かすかに風が存在し
ピンクの雲、オレンジの雲
地名のやがて途切れるところ
無垢の川の
行けない果て
行けないなら
かわりに行ける地の際まで
踏み鳴らして
行け

古道へ

どこまでも足跡は見あたらない
日陰のおおい熊野
敷石の表面には　星空みたいな
こまかな穴ぼこ　かつてながれこんだマグマが
冷えて固まって
　　　　　　　　　とっくにガスはぬけて
石がただ　いっせいに吹きあがる緑を、封じていた

くりぬかれた頭部で　ふたたび考える　こと
一月のうすい光
　　　　　　　　　　　　　バサバサと、ゴアテックスも、呼吸して

石は四〇〇たびの冬に貫かれていた
よく眼をこらすと、どこもカドはちびて　滑らかだ
耳をあてがう
物質はねむらない
パシンと種をはじく音　さやかに水のつたう音
気がつけば透明な手が
上へ　ひとつ
　　　　　そして、ほら　　左右に　　ひとつ
位置を　さぐりながら据えていく
　　　ふと、腋毛にぬくみを感じた
ちいさく手つきをまねていた

ここらは雨が降ったんだな
森の切れ目から　　そのまま
こぼれおちてしまいそうな、　　湾のふかみどり
三〇冊の手書きノート
水でよれた一冊、　　そんな堅さのなにかが出土する

イルカの骨だ

このへこみ　まだ
かすかに熱い　　　傷がある

銛にうがたれた入れ墨を
あたりの木漏れ日が撫でていた

音階の　ずれた　沢
葉の微熱――――、
すっかり食べられて

雫のオチル　間際の　ふくらみ
うんとふくよかな！
まっすぐおりてきたコトバのうえを

いま跳ねていったのは
だれ？

また、漁船のかえってくる
入り江　　　ブリーチで痛んだ髪の、娘が
そろわない歩幅をぱっとあわせた
アディダスのスウェットの若者が　からだを揺すってわらった
獣のトホ、小鳥のトホ、
虫のトホのような
消えゆく、小さな吐息にさえ
あついい光年はしみだしている

　かすかな反響のなかで考えていた
石をなめしていく　トホが無数な　こと――。

古道はここでとだえ　窓のように　おおきくひらかれている　から
ヒノキのね　ヒノキの　においも　追いこしてって
ぼくらは

どこへ向かっているのだろう

　トホ
トホ　夜明け
はく息はしろい
石は、行き倒れを聴いている

ゆすらご

白くもうろうとしたわたしの入江から
にじみだす安堵や
澄みわたった内海に
赤く墜ちていく落胆にさえ
枝は鋭く
くべられるのだから

なきがらとして
灰になり
遠くとばされるほど混じり
弱まろうと
島々は同じだ

ギンガミ

なぜここにいるのか
わからず、寝おきの子が
ギンガミを爪でめくりあげている

わらってて、まだ幼くて　この瞬間のことは
おぼろげにも記憶しないだろう

震える窓枠からの冷気をこらえて
しずかに羽を揃える蚊トンボ

すでにことされているのか　つまむと
粉々にくだけてしまった

固い座席でうとうとする
おぼろげなはじまり
おわりもまたおぼろげだ
どいつも　床ですべる
おびただしく裂けたあのギンガミだ

野ざらしの星々もずっとそうだ
つねにあたらしくかっと燃えて
遠くちらばって小さくて
どれほどくやしがっているのか

枕にしていたフリースに、袖をとおして暖をとる

寝おきの子が
ぼおっとうかぶ駅の名を
あやすように　つぶやきながら
微動だにしない黒い夜空を、ざらつく手で
さわろうとした

嬉しいほどおそろしくて
このおそろしさも
だれかが放火したのだ　と、かすめる
と
頭上にひしめく膨大な一粒に
立ちつくしていた

一つの模様の一つのホツレにさえ
気が遠くなるほどの手仕事が重なり合っている
ふとはるかな巡礼の予感がある
ながい荒れ狂う季節の刺繍

巡礼季節

緑の丘の線。
花粉で黄色くスれた糸綴じノート。
国境の川に沿った赤い肌を一台のトラックが遠ざかるとき、

たかあく砂煙が巻きあがる
立ち眩み
これ以上、流転には耐えきれない

たしかに荷台から
痩せた男がはるか後方を見つめていた
ぼくにください

どうか　その眼を
今日一日を清める一カケラの怒りを
一瞬のうちに雨をたぐる
うぶな呼吸を

これ以上
つぎの一言を発することはできない
ざらつく季節に

つぎの一字をしめらせる
熱い唾液を

震動がある　まったく悪路はつづくのだ
どんなに生きて
どんなに果てたか　ついに一瞥もくれず
メコンは容赦なく寝がえりをうつ

呼吸が、

ちぎれる
いつまでも、いつまでも、おちてこない土埃につつまれて
方向を失くしたまま突っ立っている

ずっと

苦い夢に
歩いていく

きみは目をとじる
きみはかぐ　金属の刃先を、
ガソリンを、　鶏を炙ったいい匂いを、
きみはきく　　細かなハサミを、　唸るエンジンを、　とおく
怒鳴る声
地上とはなにか

溶けない飴玉　あの、一粒の死で
喉をつっかえたままのきみが
ベトナムの真っ青な空のした座っている
見開けば、鏡

ミントグリーンの塀にかかる古びた鏡には
生え、伸びることを止めないベトナムの男たちの毛髪にむかって
すばやくハサミを動かす、しかめ面
快晴

かすかに軽くなっていく

刃先のかさなるたび
かすかに軽くなっていく　それがきみにはわかる
地上に光る一すじの破片
分離していくものはみな、生命も、みな物質だ

それだけなのか

まだ暗くその顔つきは見えない
たしかに辺境をすすむ
暗いオレンジ色の影たちはなにか
照りつける季節、甘苦は
まだ呼び醒まされない
森の国に落ちた爆弾だけが
スプーンになってここにある

一月のささやく鴨川、そのほとり
とうに指先の感覚が流されても

下流へと、ちぎれとぶまで
ぼくはひたしていた

しつこい耳鳴り
おまえの握力では　食卓の鶏も絞め殺せない
日常のすくいかたを
ふと忘却していた
救いなどないが
アルミ製のスプーンをそっと握り直し
あえかな日々のゼリーを透かしてみる

と、そこも一月
眠い目をこする少年
どうして僧侶になったの
どうしても少年はうまく答えられなかった

すると　澄んだ夜明けのラオス
ぼくの質問ではなく　ひとつかみの祈りが
簡素な器へなげうたれる

千年の雷鳴
暴雨で曖昧な少年の足音
まもなくだ
嵐の感覚に解体され
喜捨の、米の、白く輝くスコールを
精霊もなく
茫然とすすんでいる

高台の壁に描かれた
褪せた菩提樹のグリーン
はるかな風をはらんだまま静態した、繡衣の黄金色

どこへ下るのか
いっさいが静寂へと溶けこむ時刻
いっしんに語りつづける億年の西日さえ
きみには　寿命の短さに思えて

おまえが
下着の母たちから借りた、あらわな物言い
葉も黄色く塗ってしまう大らかさ
だれにも平等な一日の終わり
あの少年が疾走をゆるめ
一日の永さに　思わずのむ息――――

わかった、ようやく！
　　　　　　　だれもが無数のスロウボートで南下してるんだ

とぷり、と揺れる
銀河の赤ん坊
カヌーの舳先に安置された花環の
あばたの黄

たえまなく網を打ち、たえまなく殺める漁父が
一気に書き記す
偉大なアブク

なにを残す必要があったのだろうか
メモは引っ掻き傷ばかり

ふと　翳ると
揺らめきが無い

けたはずれの光にブラシされ

ちらばる

黒

濡れたリンガを　いま

いっせいに　発つ、

は

た

ば

き

人は

なぜ地上に立ち寄るのだろう

ただ、突き放される

上の空

白

白

しく

舞っている

口

数。

さらに

上の　空　で

千のたわんだ電線が

かすかに　振動する

重い磁気テープのかすれ声に、
ふと呼びとめられる

落書き禁止に抵抗するステッカーで
埋もれた配電盤を五つの指でふれたのは
ぼくだったんだろうか

ボロボロの厚みの前は、　　すごくしずか

昨晩の寒気はうすれ
テロを警戒する兵士の軽口が
きこえる
交尾する犬の　赤い息づかいがきこえる　　　ふと

聖人の舌のぬくみは
なにひとつ
かわらないと思った
さざなみだつ街
地上は
なにひとつ、鳴り止まない

乾燥大麻、アイスクリーム
わらいあうガニ股のサンダルも
ぺちゃくちゃ恋の噂話をつまむ手も
ずっとまさぐっていたいほど煩わしくて

暗く蒸した室内
ぼんやりと照らされた　恋人たちは裸だ
くる日も
タイからのテレビ放送だけが
まぶしく強烈に肌をつつみこむ
一滴の水滴
あえぎ、汗みずくにじゃれあい　ほんのいままで
こすりあっていた、性器が
急速に萎れていく、一瞬のおごそかさに
彼女は畏怖する

それから一時間
いや一年間
強烈な陽射しに手足はさらされ
日夜はシーツに散乱したまま
遠のいている
雨漏りだけが、中指のように、
時たま、
画面の鮮明な生活を叩いていて、　　　　今、
つぶやき声がもれた？

わたしは世界の結び目にいて、どうして破れたままなのか……。

（北上するバス。深夜、カーテンは全開）

うたかたと、唇を震わせて
呪文のように発する　発すると、数ページがかすかに死ぬ

そっか、
いのちすらも軽い
骨

緯度を上げる
二〇一六年一月二〇日、山岳地帯に星が降る
青空に、雪もちらついてきた

馬が一頭、ポーンサワンの町に紛れこみ、窓ガラスに鼻をこすりつけている。
二〇一六年一月二二日、山岳地帯に雪が降る
星も、降っている
ぼくらの地球は　十日が過ぎた
大寒波は、依然、中国大陸に坐りこんだままだ

モシモシ、京都は?

スケートパークもっ、雪

こっちは星も、降ってる!

90

វៀតណាម ព្រំដែន

vietnam border

138km

102

វៀតណាម ព្រំដែន

vietnam border

41km

105

វៀតណាម ព្រំដែន

vietnam border

4km

空は青ざめている
恋人たちの週末が
バイクにまたがり接近してくる
なび
く
、
髪

母も叔母も祖父も口にふくませた
あんな乳臭い物語なんて　その男は知りたくないとおもった
おれは知りたくない
十日さきも、マンゴー果樹園も、難民の漕ぎでる闇夜の海も
ただこの瞬間、ただ執拗に
隙間からシミこんでくるこの冷気
この冷気だけが許せない

一晩中バイクタクシーを流していると
夜明けちかく、そっと腕が地表へおりてくることがあるんだ。

前ボタンのほうが背に回ってる
　後部座席の娘
　　自由で、なんて野蛮な着方

彼女がそっけなく振り向く
木霊が南北に走りぬける
転倒する
めくれあがる赤い嫉妬

一目惚れって
いつだって、からだも邪魔なほど、新品で
薄汚れたエコー

ぼくら、そう、みんな獣だったんだ

「朝のクラクションの海」

「寝不足気味の目と、褪せたGジャン」

いくつか小さく記す
するときみが
もっと軽々、バイクの群れのむこうから現れる　　　　かき消える

ピ　ィ

「甲高ク　薄イ彗星」

いつかいなくなるから、大きく一個分の呼吸をしてください煤けた夜の露天から　青く光る日々がゆるやかに落下してくる。
ぼくが地上に　いない日だって
炒めたトウガラシの　赤。　レモングラスの　あの香り。
うんと軽くなっていく。
きみは迷い　きみは宇宙の丘のあかるい麓にいた。
打ちあがるあのＬＥＤの輝きに
小さな首をめいっぱい反らせるタイの姉弟。
あたりまえのことのように　この世で再びしゃべり出そうと
瀬戸内海を見つめ舌をだす祖母。

地上とは、なんてひろい運動場なのか。

チープであざやかな爆音も　かすれて届かない隅で　呟きがブツかる。
リズムに、忘れ去られた、強大な暗がりから
力なく持ち上がるコップ。

足元で赤子を遊ばせコインを乞う女の白目。　あなたに
世界のいたるところで出会った　　そう思うのは
乱暴なことなのか。

クラクションの消失点へ

あたり一面、波打つ夏色のライスフィールド
そこは一九七七年の一月だ
一人の父親がまだ帰宅しない
数多のひとが帰宅しない
一枚の古びた写真には、無表情な女学生　　まだあどけない
でも彼女、　どうして息絶えた頭蓋に
拷問を続けているの　　ここではメガネのせいで連行される

狂った真っ黒の空
あなたは感じる穂だ　　　ただ
あたり一帯と同じように
あなたはしなっているように見える
だれも異変そのものに気がつかない
あたりが青い

凪が訪れたその朝、
トゥール・スレンの独房のなか
無表情で隣人をころす狂気は　そこにない
かき消えることもない
錆びついた背骨だけが、剥きだしの床に転がっている

今日、
すべての写真は口ごもる

でも、それでも今日、おもて通りには
堂々とふっかけてくる口調
さっきの交渉なんて気にもかけない、トゥクトゥクドライバー
キミの濃い瞳は
なんてあかるくほっとする欲望だ

なあ、旅行者よ
まもなく、おれの親父の消えたライスフィールドに陽が沈む
影法師が、まもなく物語となって跳ね踊る
だが町はずれに影絵芝居(スバエク・トム)はひらかれない
集うバイクのまぶしいライトはなく
映りこむ人影はない
すだくコオロギがコオロギの想像さえも超えて
両耳を包みこみ
口は開けたまま

立ちすくむ
根無しの一人のアジア人

満天には星々の震え
どこまでも広大な　人として続くことの頼りなさ

ねえ、獣も鳥も虫も　一つもおののいていないよ

一本の髪が黙って草むらに落ちる

不安なまたたきこそ
未知のそよぎへ
導いてくれる

全身の、もう二度と見つかることはない
この震えは
歓喜と一つも変わらなくて
ぼくは人に痛みを残すから

地上におちた　一本の針かもしれない

はるかに
豊満になったメコン
力をこめて
色彩の洗濯物を揉む女たち
荷台で
震動を感じるおまえ
おまえの痩せた向こう見ずな眼
そして

きみはまだ口をすぼめ
溶けない死の飴玉を
必死に溶かそうとしているかい

それとも噛み砕いてしまったかい
いつしか、流れを感じながらわめいていた
熱病すら根無しじゃない
舌うちで
はずみをつけて
照りつけ　反射するすべてを書き殴りたい

漏れたコトバが
ふいにオイルの虹を写しとる
ホースの放水で
こびりついた赤土が
いきおいよくおとされていく
突然バスは停車して
砂まみれの手も、はしゃいだ顔も　ついでに浴びて

つまんだ鼻を向けられ
ぼくは鼻をつまみかえす
ぼくは地上の悪態を愛する
つかのまの、泡だらけの光景を愛する
ぼくは腹を立て
きみを見捨てる
消える声を　聞こえる声を
不愉快なツバとコトバで　きつく
きみの皮膚へ縫いこめるだけ
出会う風が　路上の熱気が　きみの裸の意志を
丸ごと洗い清めるように
きみの生涯を動く季節が
きみの巡礼そのものとなるように

パラソルたちの苦い騒ぎ

肩に担ぐ氷の冷気
ぼくを超えたあらゆるものの震動がある
コトバの届かないはるかな外部に
どんな丁寧な刺繡にだって
使いきれないほどの色彩がある
花柄の虫喰い布に
精霊が、一匹
物怖じして　いて

言い出せずにいた
真っ二つに割れたノートのこと
祈りも、予感も、踵も、すり減って　それでも
着いてくる一篇のからだ
いつだって一度きりだということ

――ドコデコボレテイルノダロウ

ぶあつく生まれ　あふれ続けている
光に暴かれたトイレ
木製のドアは
あふれる水音を
なんとながいこと聴いていたのか
陰は一時を少し回り、残飯をつまむ背後で
蛇口があまくあいている
糞尿をながすバケツから、水があふれ続けている
この静かな音は

生まれてからずっと聞こえていた

いつのまにか
洗馬(せば)駅でブラシを握りしめたままの本心が
立っていた
短い風
その震え
その風が、今日、仕事をさぼって
ホーチミンシティの濃いビルの影のハンモックを揺らし
寝がえりをうつ

少年の後ろ髪をつたう一玉の汗が落下し衝突する

くだけ散る　、

「おかえり
皮膚はかたくなって、眼はかわらず澄んで」

飾り付けが　はじまって
窓には黄色、あの黄色の花びら
ふくよかに揺らぐ戸口の暗がり
なにかを呼ぶよくとおる声

　もうすぐ春節（テト）だ。

未来ハ薄イ花ビラ　ニ透ケ

占領されるだろう
トタンと木の軽い家々は

ぼくのできる予言はこれだけ！

対岸は建設ラッシュ

BLANK PAGE

おどろいた　わたっていくほどひろい
いきおいよく二メートルを
よじのぼって
ふあっと空へそのスニーカーははなれた
通報されたんだきっと　光景に上気しながら

バックプリントを口でなぞった　一瞬コトバは辺りにひびき
せかいのどこにも着地しないまま
いまやからだはあたたまって
日時計のように
いるはずのない未来の騒動に見とれている

終わりを告げる言葉はあるのか、まだ迷っている。二〇一五年から二〇一七年に発表した詩を書きあらため、かたちを与える手を休めて部屋のそとを眺めれば、ともかくせかいは五月だ。

春、夏、冬、青春18きっぷのシーズンのたびに鈍行列車で日本列島をたどった。どの町のどのスーパーでも、食品と肉は小分けされて包装紙のなかだ。感情だって、持て余し仕舞いこみ、裸のままではない。けれど詩を書きとめながら、はぎとられていく自分がいた。モロッコの陽射しのなかでも、京都での暮らしでもそれは同じだった。ひとはいのちを終わらせながら生きている。ただ、どんな言葉もいのちに終わりを告げることはできない。鶏を絞め殺すような暮らしの原風景に立ちたいと思った。

二十日間でタイ、ミャンマー、ラオス、カンボジア、ベトナムと巡った。帰国の日の前日、ホーチミンシティのカフェの二階から、光にひっかかれた路地裏をいつまでも見つめていた。数々の身振りが誇らしく咲いていく。あのどんな行方も終わりまで見届けることはできない。気がついたとき、人生と同じように、どこへ向かうとも知れない長い一篇の詩をわたしは書き出していた。

はじまりと終わりの狭間で生きて、わたしたちは圧倒的だ。ただわたしたちは常に書きかけで、はじまりはいつもなかなか見えない。ありきたりな自分は、宙吊りでこころもとないばかりだ。

だからいまは、トランジットのあの間延びした数時間にこそ、この詩集の離陸をたくしたい気持ちだ。絶景ノ音、離陸間際のふいの静けさ――。二〇一六年一月十三日「巡礼季節」へ出発した日の短いメモを、一つの願いをこめて書き写す。この一冊が、だれかの忘れ物のノートのように、ふとそこに轟音と静けさをもたらしてくれたら。

チャイナエアラインCI835が一時間遅れる。ついに頭上にこだました現地のひとの日本語放送が、唄うようだ。「ごめいわくをおかけします」。褐色の肌の旅行者がエレキギターを脚元に立てかけている。剝き出しのボディ。微熱の空港。台北は雨、搭乗はまだはじまらない。

絶景（ぜっけい）ノート／著者　岡本啓（おかもとけい）／装幀・組版　岡本啓／発行日　二〇一七年七月二十日　第一刷　二〇一七年十月三十一日　第二刷／発行者　小田久郎／発行所　株式会社思潮社／〒一六二―〇八四二東京都新宿区市谷砂土原町三―十五／電話〇三（三二六七）八一五三（営業）・八一四一（編集）ファックス〇三（三二六七）八一四二／印刷所　創栄図書印刷株式会社／製本所　誠製本株式会社